KB089766

난 고양이로소이다

난 고양이로소이다

2023년 12월 6일 초판 1쇄 인쇄
2023년 12월 15일 초판 1쇄 발행

지은이 | 송찬호
펴낸이 | 孫貞順

펴낸곳 | 도서출판 작가
　　　　(03756) 서울 서대문구 북아현로6길 50
　　　　전화 | 02)365-8111~2 팩스 | 02)365-8110
　　　　이메일 | cultura@cultura.co.kr
　　　　홈페이지 | www.cultura.co.kr
　　　　등록번호 | 제13-630호(2000. 2. 9.)

편집 | 손희 김치성 설재원
디자인 | 오경은 박근영
영업 | 박영민
관리 | 이용승

ISBN 979-11-90566-70-4 (03810)

잘못된 책은 구입하신 서점에서 바꾸어 드립니다.

값 14,000원

한국디카시 대표시선

9

송찬호 디카시집

난 고양이로소이다

작가

문득 보이는 게 있어서

폰을 꺼내 찍는다

지금 이 순간 중요한 것은

그것 뿐이다

2023년 가을

송찬호

제2부 엉겅퀴가 피었다

제3부 상오리 칠층석탑

제4부 익모초 필 무렵

제1부

억새의 춤

성냥개비

이걸 그으면

초록불이 확 일어날 거야

집짓기

네 개의 초록 기둥이 모였다

그들 어깨에

어떤 지붕을 올려야 할지

진지하게 논의 중이다

천일홍

위급한 시간은 지나갔다
여기저기 피를 지혈시킨 솜뭉치

으름*

하하하

웃지 않을 수 없다

입이 저절로 벌어지니

* 으름: 산에서 나는 야생 과일. 열매가 익으면 두꺼운 껍질이 저절로
벌어진다.

무용담

저 기사의 투지를 보라

목이 잘려진 후에도

결코 방패를 놓지 않았다

조우

산길에서 외계인을 만났다

불시착한 지구별에 대해서 생각이 많은 듯했다

한동안 나를 바라보다 산 너머 사라졌다

억새의 춤

바람의 난장

막춤 추기 좋은 날이다

당부

바쁜 생활 건강 조심하거라

한쪽 폐가 조금 상했더구나

해충박멸기

배추밭 가에서 베트남 모자를 쓴 사람이

해충을 포집하고 있었다

가까이 가서 인사했다

해충박멸기 씨, 안녕하세요?

마라톤 맨

초록을 알리기 위해 온 몸 초록으로

42.195km를

달리는 사람

고사목

죽은 후에야

나무속 잠들어 있던

짐승의 본성이 깨어났다

어흥!

일기 예보

닭이 지붕 위로 날아올랐다

오늘의 일기 예보관

소나기구름이 어디쯤 몰려오고 있니?

도마뱀

담벼락에 도마뱀이 착 달라붙어 있다

담벼락이 금 가

더 벌어지는 걸 막기 위하여

유일한 사건

하늘에서 떨어진 물고기가

뚜껑을 뚫고

쓰레기통에 빠졌다

오늘 일어난 사건은 그것이 유일하다

제2부

엉겅퀴가 피었다

미루나무

안개가 걷히면

성큼성큼 거인은 사라지리라

사라진 그 자리에

저만한 기념비가 세워지리라

거미의 휴일

이게 얼마 만이냐

미동도 없이

다리 쭉 펴고 쉬어보기는

다알리아

다알리아가 피었다

'다알리아'와 '피었다' 문장 사이에

브로치를 달아주니

다알리아 브로치가 피었다

갈대 크레인

갈대가 거미줄을 들어 올리고 있다

이런 조심스런 작업은 처음이다

긴장해서인지 갈대 허리에서 끼익 소리가 난다

엉겅퀴가 피었다

보랏빛

볼 터치용 붓입니다

화장하실 때 저를 사용해 주세요

질문

강아지풀들이

일제히 붐 마이크를 들이대었다

가을은 어디쯤 오고 있는 겁니까?

풍경

자꾸 돌아보는 습관은 좋지 않아

내가 풍경이야

나를 봐

탑승 금지

전봇대 지지선을 타고 비행선이 날아간다

저기에 누구나 탈 수 있지만

청설모는 탑승 금지!

탑

골목을 지나다

오랜 세월 풍상을 겪고

탑이 된

대문 기둥을 본다

합장하고 지나간다

분수

저 분수는

옷을 적시지 않는다

꽃방석

거기가 어디든 앉는 자리는

모두 꽃방석

그게 나비의 운명

일몰

저기 저, 좁쌀만 한 빛 구멍만 틀어막으면

세상은 깜깜해진다

기다림

기다리는 마음은 똑같다

사람도

사슴도

돌멩이도

PVC 관도

담쟁이의 꿈

붉게 물든 담쟁이덩굴이

상서로운 꿈을 꾸었다

기린의 꿈

고양이

호동그란 눈동자도 새초롬한 수염도 없소만은

난 고양이로소이다

제3부

상오리 칠층석탑

피사의 사탑

안간힘을 다하고 있다

바로 서기 위해서가 아니라

기울기를 유지하기 위하여

환영합니다

능소화가 꽃다발 하나 만들어
담벼락에 늘어뜨려 놓았다
이웃집 여자 병원에서 퇴원하는 날
골목길 입구에

슬로비디오

돌이 꽃을 던진다

꽃이 포물선을 그리며 떨어진다

슬로비디오로 떨어진다

PX

군대 훈련병 시절

PX에 가면

먹을 때 자주 탈 나던 설사빵이 있었다

뱀딸기

비밀의 숲 바닥은

풀숲으로 덮여 있었다

그리고 그 풀숲에 빨간 단추가 채워져 있었다

들키다

절집에 갔다가

내 안에 작은 탑 하나 모셔 오려다 들켰다

담벼락에 그림자 탑으로 붙들렸다

상오리 칠층석탑*

탑신이 다 보이지 않지만

층계를 올라가 봐도

탑의 내력에 대해서도 알만한 게 없다

흔적 없는 절터에 탑 하나 서 있으니

* 상오리 칠층석탑: 경북 상주시 화북면 상오리 골짜기에 있다.

한미동맹

쑥부쟁이와

미국쑥부쟁이가

한자리에 피었다

나팔꽃

나팔꽃집 세 자매

구김살 하나 없이 피었다

물 한 모금

토란잎 한가운데

이슬 한 방울 한 방울 모여

물 한모금 되었다

들어보라

토란잎 기울여 목 마른자 찾아가는 소리

까치밥

누가 저 높은 감나무 가지에 돌멩이 하나 매달아 놓았나

찬바람에 돌멩이 볼이 발갛게 텄다

통풍구

마당이 보인다

자전거가 보인다

실업자 사내도 보인다

답답한 삶도 저렇게 뻥 뚫렸으면

물어볼 게 있어요

사과 과수원 풍선 인형한테

물어볼 게 있어요

지금 새를 쫓는 거예요,

친구하자고 새를 부르는 거예요?

칸나

그대는 칸나

난 떠돌이 여행자요

그댄 붉소

난 무명이라오

제4부

익모초 필 무렵

이별

너를 보내는 마음

하늘에 널린 전선만큼이나 어지럽다

노을에 술 한잔 타 먹는다

휴식

일을 마친 후

누가 푸른 손을 벗어 두고 갔다

고단했겠다

익모초 필 무렵

시내 꼬치점 앞을 지나다

요즘 젊은이들이 즐겨 찾는다는

중국 과일 사탕

탕후루를 만났다

균열

갈라지는 건 단지 틈만 보이는 게 아니다

틈을 경계로

서로 다른 벽이 된다

다른 체제가 된다

고분군

언제 적부터 저기 엎어져 있는지 알 수 없다
한땐 당당했겠다 떠르르 했겠다
보나 마나 내부는 도굴되어 텅 비었겠다
폐가 뒷마당 고무다라이 고분 3기

조가 익었다

조가 익으면 그 속에서

참새 소리가 난다고 한다

가을 경전에 있는 말이다

모임 공지

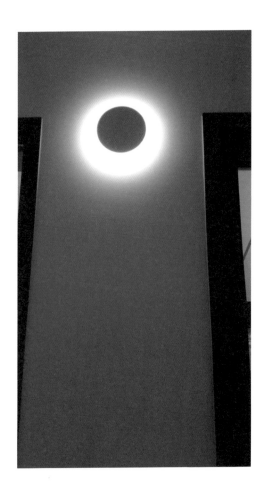

다음 달 모임은 이 장소에서 열겠습니다

음력 15일

달 뜨는 카페

하늘 바닷가

들리느뇨?

구름 밀려오는 하늘 바닷가

파도 철썩이는 소리

건강 검진

내시경으로

위 속은 여러 차례 구경했지만

위 바깥은 처음 본다

짠 것, 매운 것, 기름진 것에 많이 거칠어졌다

도깨비 바늘

밤하늘에 반짝이다 사라진 것들이

여기 있었구나

낮이어서 까만 별

전시회

사과 과수원에서

죽은 까치를

2주간 전시했다

전시가 끝나자, 보란 듯이 다시 까치들이 과수원에 출
몰하기 시작했다

감자 캔 후에

감자를 캔 후 밭주인은

주전자를 버려두고 갔다

막걸리 주전자로 사랑받던 옛 시절은 갔다

숲속 생활

숲엔 고요가 살지

둥지를 틀고 살지

고요로 응축된 알을 낳고 새끼를 기르지

한 계절 살다 고요가 떠나면 빈 둥지만 남지